장애인복지관

한영식 시집

장애인복지관

모악

시인의 말

사람은 태어날 때부터
누구나 장애인이다.
세상을 떠날 때도……

동자승의 아픔을 생각한다.

해설을 써주신 이진엽 평론가와
언제나 많은 가르침을 주시는 김준태 선생님과
천병석 형에게 감사드린다.

2023년 1월
한영식

차례

3부　가난한 사랑

1부
아프다, 나의 침묵이

서시序詩

슬퍼마라

겨울이 오기 전

날아오르는 철새처럼

너도 떠날 날이 오리니

장애인복지관

장애인복지관에 맑은 가을비 내립니다
긴 장마
먹구름이 산허리 휘감아 돌고
노인복지관 뒤
안개가 산을 힘겹게 넘어 갑니다
시각장애인 주간보호센터 차가
장애인복지관 정문에 서면
혼자서 복지관으로 올 수 없는 노인들이
지팡이 하나씩 주름진 손에 힘껏 쥐고
도우미 선생님 손을 잡고
천천히 주간보호센터로 들어갑니다
몹쓸 놈 코로나로
식당은 열려 있지만 직원들은 이용금지 된 지 오래
시각장애인 노인들만 점심 드시러 갑니다
주간만 보호되는 노인들
장애인복지관 위로
가을비 내립니다

동행

노부부가 손을 잡고
병원 안으로 들어갔다
일주일에 세 번
신장투석을 받는 남편
휠체어 타던 남편
할머니가 휠체어 밀고 갈 힘이 없어지자
노부부는 손을 잡고 걷는다
투석을 마치면
배가 고파 밥을 두 그릇 드신다는 할아버지
부부가 함께 병원 문을 열고 나온다
환하게 웃는 할머니
내 손을 꼬옥 잡는다
내가 없으면 집으로 돌아갈 수 없는 노부부
두 손 꼬옥 잡고
집으로 돌아갈 수 있는 차에 오른다

시각장애인이 전하는 말씀

지팡이 하나 믿고 가는 길이거늘
사람들아 보이지 않느냐
노란 돌
우리가 지팡이 하나로 암흑을 걷는 유일한 출구거늘
사람들아, 그곳이 주차장이 아니거늘
우리가 다리를 부딪치고
넘어져 무릎이 까져도
인도에 불법주차한 사람들아
당신들이 걷는 길이 있듯
우리가 걷는 길이 있다는 걸
모르는 사람들아
캄캄한 길 가는 우리들
상처에 대해
두 눈 뜨고 외면하는 사람들아

장애인에 관한 기록 1
—지적장애 30대 여성

공원묘지 가는 길 옆
희망학교 식당 주방 일을 돕는다는
그대는 모교를 자퇴했다고 말했지
병든 어머니를 위해서
돈이 필요해서
학생은 주방에서 일을 할 수 없다는
선생님의 설명을 듣고
자퇴를 선택한 그대
갑자기 어깨가 뭉치면 안 된다고
내 어깨를
매운 손가락으로 눌러주던 그대
결혼을 하고 싶어
저축을 하고 있다는 그대
그대는 장애인이 아니라
참
고운 여자다

장애인에 관한 기록 2
—지체장애 청년

잔잔히 내리는 비를 맞으며
휠체어를 미는 사람은
그대의 아버지였다
곱창집 앞에서
비를 맞으며
나를 기다리는
아버지와 아들
아들의 생일이라고
밤이 깊은데
예약을 해서 미안하다고
산속에 살았던 그대
도시로 이사를 하고
일 년만의 만남
여전히
호탕한 웃음과 밝은 미소
곱창집에 앉아
미래를 함께 걱정했을
다정한 아버지와 아들
휠체어에 앉아 소주를 마시는 동안
비가 내렸고
비를 맞으며

휠체어를 미는 사람은
그대의 아버지였다

장애인에 관한 기록 3

—시각장애 할머니

아파트 지하 2층

차로 옮길 봇짐 둘 주차장 바닥에 내려놓고

어서 오라고 어서 오라고

허공에 손을 흔드는 할머니

두 살 때 시력을 잃었다는 할머니

양산에서 밀양 가는 길을

다 알고 있다는 듯이

초행길인 내게 친절하게 설명을 하신다

밀양역 앞 주공아파트로 가면 된다고

경찰서를 지나면 다리가 나오고

다리가 끝나는 곳에서

우회전하면 아파트가 보이고

입구에서 바로 좌회전을 하면

혼자 살고 있는 집이 14층에 있다고

나는 봇짐을 들고

14층 할머니가 홀로 사시는 집에

할머니를 남겨두고 내려왔다

눈에 보이는 것도 제대로 못 보는 내가

보이지 않는 것을 보는 할머니를 걱정하면서

장애인에 관한 기록 4
—지체장애 20대

그대는 걷지를 못하더니
착한 활동지원사를 만나
수영장을 그렇게 열심히 찾더니
지금은
장애인복지관 2층까지
소나기 같은 땀을 흘리며
혼자 힘으로
산을 오르듯
2층을 정복하지
군에서 운전병을 하다
사고로 장애인이 된 그대
지금은 보치아 선수로 활동하는 그대
그대는 장애인이 아닌
절망을 모르는 청년이다

장애인에 관한 기록 5
—뇌병변 두 살

양산 부산대학교 병원에서
거제도로 아기를 태우고 간다
밤바다는 잔잔하고
노을빛에
아픈 아기는 잠들고
엄마의 얼굴은
노을빛보다 슬프다
거제도 장평은 먼 곳
다리와 터널로 이어진
이 길 어디쯤
아기가 말을 한다

엄 마

내 귀에는 엄마라고 들려왔다
아기를 품에 안은 엄마
일렁이는 바다의
얼굴 위로
노을이 내려앉고 있다

장애인에 관한 기록 6

휠체어 소녀가 묻는다
아저씨, 발이 땅에 닿으면 기분이 어때요
나는 침묵으로 대답한다
시각장애인이 말을 건넨다
어제 산 사과를 어디 두었는지
생각이 나지 않아요
보이지를 않아요
나는 침묵으로 대답한다

그렇구나
나도 거울 속 내 얼굴을 본 적이 없구나
땅에서 만나는 그림자가 아닌
거울 속 얼굴이 아닌
내 모습을 제대로 본 적이 없구나
아프다, 나의 침묵이

주간보호시설

비 맞아 버려진 양말
운동화는 젖었지만
새 양말은 온기가 있다.
장애인복지관
1층 시각장애인
주간보호시설에
노인이 가득하다.
주간만 보호되는 복지관
오후 6시
장애인복지관에 불이 꺼지면
이 무더운 여름
장마는 언제 그치고
길고 긴 밤
노인들은 아무 것도 볼 수가 없다

2부

저 조그만 산에

동자승 1
─저 조그만 산에

저 조그만 산에
집 한 채 있네
저 조그만 산에
절 하나 있네
저 조그만 산에
동자승이 있네
저 조그만 산에
대웅전 기와에
새 한 마리 앉았네
저 조그만 산에
가만가만 목탁소리
저 조그만 산이
수미산 일지도 몰라
저 조그만 산이

동자승 2

아픔은

먼지처럼 바람에

날아가지 못하고

슬픔은 점을 빼듯

사라지지 않으니

보름달 속 어머니는

죽어서도 새가 되어

너를 찾는구나

동자승 3

서두르지 마라
새들이 날아와 쉴 수 있는
나무가 될 때까지
기다려라
바다와 산 사이의 무덤
그 슬픈 사연
너도 아는 날 오리니

너에게 산이 되고
하늘이 되고 땅이 되는
푸른 빛깔의 파도가
밀려오는 날
네가 치는
대웅전 맑은 목탁소리
길 따라 흐르는 물결처럼
사람들의 마을로
울려 퍼질 것이니

동자승 4

깊은 밤
새 한 마리
노란 달덩이 속으로 날아가는
밤하늘을
이렇게 너랑 함께 볼 수 있다니
오늘은
가을밤이 따뜻하구나
저 달이 너에게 많은 걸 가르쳐 줄 것이다
새벽에 대웅전 문을 열기 전
하늘을 꼭 보거라
잠들기 전 밤하늘을 꼭 보거라
거기 말씀이 있고
너의 얼굴이 숨겨져 있으니

동자승 5

하늘에서 내려 온 노란 새
깊은 산
대웅전 목탁 위에 앉는다
아무도 찾는 이 없는 무덤
사람 하나
노란 새 되어
동자승
맑은 목탁소리 따라
날아오른다

동자승 6

아프다
너와의 이별이
그러나
네 마음에 조용한 섬 하나 만들어
마음 깊이 푸른 가을 하늘
품거라
몸은
조그만 움막에 두고
산이 너를 품도록
하늘이 너를 품도록
보이지 않는 걸 보고
들리지 않는 걸 듣고
네가 슬픔을 마음으로 받아들이는 날 오면
어느 날 사람들의 마을로
새 한 마리 조용히 날아갈 날
오리니

동자승 7

이슬도 만져지지 않는 새벽하늘
비가 오려나
이름 모르는 검은 새들 북녘으로 날아가네
먹구름 가득한 하늘
시들어 축 늘어진 고추 잎
달빛의 힘으로
대웅전 문고리 열리고
동자승이 밝힌 향
사람들이 사는 마을로
떠나지 못한 무덤 속으로
맑은 목탁소리 따라
비가 되어 내리네

동자승 8

울지 마라
가을 물 흐르는 소리 맑듯이
언젠가
네 맑은 목탁소리에
새들 날아오르고
맑은 가을비도 내리고
이승에서 떠나지 못한 목숨들
욕심 내려놓고
떠나는 날 올 것이다
깊은 산 조그만 움막 하나 짓고
마음을 다스리고 다스리면
언젠가
네 마음 열리고
떠나지 못한 목숨들 또한
마음
열 것이니

천화遷化

구름 한 조각이면 되리라
낙엽 한 잎이면 되리라
빈 손으로 왔으니
빈 몸으로 돌아가는 것
동자야
너는
너의 길을 가거라
길 따라 흐르는 물결처럼
세상 모든 아픔을
인연이라 여기고
바다와 산 사이의 무덤
그 아픔을
너의 마음에 품을 수 있을 때
너는
너의 길을 가거라
아프다
너와의 이별이

3부
가난한 사랑

어머니의 노래

이렇게 봄비 내리는 날이면
어머니는 노래를 불렀지
산 차지 물 차지는 총독부 차지요
우리 영감 차지는 내 차지네
막걸리 한 사발 드시고
아버지가 떠난 날
어머니가 부르던 노래
산 차지 물 차지는 총독부 차지요
우리 영감 차지는 내 차지네

어머니의 이름으로

1
꽃다운 나이
가난한 집의 막내 딸
나라 잃은 소녀가 일본 방직공장에서 실을 뽑았다 한다
해운대 옆 기장이 고향이라는 소녀
해방이 되어 돌아온 소녀는 신이 들어 절 옆
움막 속에서 3년을 살았다 한다
병든 남편 세상을 떠나고 어린 막내 굶길 수 없어
바다에 떠 있는 녹슨 배
밧줄 하나에 목숨 붙들고 망치를 두드린다
영도에서 감천항에서 다대포에서
오빠가 죽었다는 소식을 듣고도
죽은 사람은 죽은 사람
산 사람은 살아야 한다고 망치를 두드린다
깡 깡 깡
먼저 떠난 영감이 미워서
집 나가 소식 없는 아들 걱정으로
보고 싶은 딸 아무에게도 말 꺼내지 못하고
혼자 남겨진 막내 걱정으로
깡 깡 깡
추운 겨울 쇳덩이 갑판에서 잠들고

밧줄이 풀려 바다에 떨어진 어머니
밤새 딸이 보고 싶다고 우신다

2
동자승의 눈망울로 나를 안는 스님이 된 누나
시외버스정류장에서 말없이 오래
딸의 얼굴 쓰다듬으시던 어머니
스님은 목도리를 걸쳐주고 두 손 모아 합장 한다
다시는 찾지 말라는 마지막 말!

3
어머니 따뜻함 품에 안고
부산에서 여수 앞 돌산으로 간다
아버지 떠나신 자리 옆
죽어서야 만나는 두 사람
어디선가 동자승 슬픈 목탁소리 들리는 어둠 속
어머니의 아픈 일생 등 뒤에 남긴 채
혼자 된 막내 산을 내려온다

자두

붉은빛

자두

속살은

주름져

고름이

흥건하다

빨래를 널다가

빨래를 널다가 생각했지
식어버린 심장을 꺼내
햇볕에 말릴 수 있다면
썩어가는 폐를 세탁해
깨끗하게 말릴 수 있다면
옥상에서 빨래를 널다가 생각했지
사람의 마음도
세탁이 된다면
그 마음을 소독해
햇볕에 깨끗이 말릴 수 있다면
얼마나 좋을까
하고,
젖은 빨래보다
더 젖은 내 몸을
빨랫줄에 널고 내려오는
일요일 아침

가을

두루미가 습지에 내려앉는다
겨울이 오기 전에
새끼들은 무럭무럭 자라
서리가 내리기 시작하면 떠날 것이다
바다를 건너야 하는 겨울 여행
넉넉히 먹어둬야
살아서 바다를 건널 수 있다
가난한 사랑이여
가을비가 내리는 10월
다람쥐처럼 싱싱한 도토리를
열심히 숨겨야한다
땅에서
열매가 자라고
하늘에서
철새들이 떠날 채비를 한다
그대
가을이 겨울쪽으로 걸어 나간다
문 열어
그대 마음도 철새 따라
겨울로 날아오르고

시대 유감

사람이 버린 빈 박스를
노인이 줍고
사람이 버린 강아지를
사람이 구하러 다니고
사람이 버린 영아가
시신이 되고
살아 있는 노인이
버려진 냉장고 안에서 나온다
사람이 죽어나가도
더 이상 놀라지 않고
사람이 태어나면
뉴스가 되는 시대
더 이상
번식마라
세상이 세상이 아니다

자갈

이제사 알았구나
긴 세월
침목을 붙잡고 서서
그 무거운 기차 무게를
나누어지고
비가 내리면 천천히
흘려보내며
굉음도 흔들림도 모두
받아주고 있던 것이
너였다는 걸
이제는 기차도 다니지 않고
사람 발길도 끊어진 지 오래
잡초마저 뿌리 내리지 못하고
오롯이 혼자서
깊은 밤 별빛 바라보며
기쁨과 슬픔
만남과 헤어짐을 추억하는데
돌이 되지 못한 돌멩이
비바람 눈보라 맞으며
여전히 늙어가는 자갈

돌산 방죽포

길 따라 흐르는 물결처럼
바람이 그대 등을 밀어
돌산 방죽포로
파도와 달이
그대 등을 밀어
돌산 방죽포로
살아서는 갈 수 없었던
도시의 떠돌이가
죽어서야 돌아가는
돌산 방죽포
그대가
태어날 때처럼
별들이 떨어지는 깊은 밤
죽어서야 돌아온
돌산 방죽포

공중전화

봄비 내리는 거리
홍매화 가득한 봄날
바람에 날리는 비닐처럼
어디론가 떠나지 못하고
망부석처럼
가지가 잘린 은행나무 옆에서
졸고 있는

사람이 만들고
사람이 버린 공중전화야
가끔씩 술에 취한 사내가
예전처럼 너를 붙잡고 하소연이라도 하더냐
금 간 유리와 박살난 문
우리가 버린 공중전화야
(내리던 장대비를 피해 쭈그려 앉아 담배를 피웠던,
서럽게 주저앉아 어머니 목소리를 듣고 싶어 너를 찾아갔
던 많은 날들)

지금은 아무도 너를 찾지 않는구나
홍매화 가득한 봄날
말라죽은 맨드라미

상처는 변함이 없는데

봄비가 너를, 상처를 적시는구나
미안하구나
우리가 버린 공중전화야

반딧불

열흘이 지나면
달 속으로 떠나는
그 짧은 사랑

애절한 아름다움으로
어둠을 날아
우리 마음에 평화를 주고
달 속으로 말없이
떠나는 사랑

차가운 불빛
따뜻함이 사라진 도시에서
짧고도 긴 열흘
애절한 사랑
가슴 시리도록
빛으로 태우고

달로 떠난
반딧불
개똥벌레야
사랑아

불이不二

해가 언제 지더냐
달이 언제 지더냐
눈에 보이는 것만 보고
귀에 들리는 것만 들어서야
언제
낮과 밤이
밤과 낮이
한 몸이란 걸 알 수 있으리

귀향

집으로 돌아간 날
냉장고 위에
밥과 미역국이 있었다
영도로 깡깡이를 다니신 어머니는
집으로 돌아 온 나를 보고 우셨다
나는 새벽 4시에
아무도 몰래 훈련소로 갔었다
어머니는
돈도 없고 아버지도 없고
대학도 그만둔 놈
그럴 리가 없다고
귀향증을 보고도 돌아온 아들을 믿지 않았다
어머니는 아들이 왜 돌아왔는지
탈장이 무슨 병인지
짝불알이 내 별명인데도 모르셨다
가끔, 태삼이라고 불렀다
짝불알이 낫는다고
태삼이, 짝불알
내 어릴 적 이름

4부
국경을 넘어가는 새

안개

안개보다
더 시적인 언어가 있을까
바다와 산 사이의 무덤보다
더 슬픈 사연이 있을까

여수 앞에 있는 섬
돌산 방죽포에
안개가 끼면
바다와 산 사이의 무덤
공동묘지에 안개 자욱한 날이면
아직 죽음을 모르는 아이가
조그만 산을 내려오는 모습이 보인다
안개가 자욱한 산을 내려오는
동자승
안개보다 더 시적인
안개보다 더 슬픔인
동자승

혼자 사는 남자

단풍 들면 눈이 내리고
낙엽 위
노란 은행나무가 운다
저 멀리 벤치에 앉은 노부부
우산 위로 떨어지는 비 소리 들으며
우산보다 먼저 일어나
집으로 돌아가는 길
메마른 폭포
저토록 눈부신 햇살
늙은 고목이 만든 그늘
낙엽 밟고 산을 오르는 사람들
비가 내리고
폭포가 눈물을 쏟는다
혼자 사는 남자
붉은 단풍이 들어
낙엽 위
길 끝나는 겨울산을 오르기 시작한다.

편지

뭘 그리 안달하는가
가을 깊으면
겨울 오고
다시 봄 오리니
잔잔하게
낮게
욕심을 버리고
마음에 담은 사진 꺼내 보듯이
자네의 지친 영혼
노란 달덩이 속으로
쑤욱 밀어넣게나

하루살이

하루살이야
너에게도 꿈이 있느냐
너에게도 내일이 있느냐
너에게도 상처가 아픔이 있느냐
너에게도 참회의 눈물이 있느냐
우리에게 없는 따뜻한 피가 있느냐

물론, 나에게도 아픔이 있지
내일이 없으면 어때
하루를 살아도
비겁하게 살진 않지

새 1

새야
천둥 번개가 치기 전에 오너라
폭설 같은 장대비 내리기 전에
국경을 넘어 달빛의 힘으로
비단길로 오너라
천천히 오너라
어미는
밤새 어미의 소리로 너를 부르는구나
네가 태어난 깊은 산
절간 옆 숲속으로 오너라
천둥 번개가 치기 전에
새벽안개 속으로
푸른 숲을 헤치고
어미의 품속으로 오너라

새 2

저 폭설 그치면
꽃이 피는 것처럼
알에서 나온 새는
하늘을 날 수 있을까?
언젠가
국경을 넘어
어미를 찾아갈 수 있을까?

새 3

국경을 넘어가는 새가 이르기를
내가 태어난 둥지를 찾아가는 길이니
너희가 내 어미의 죽음을 알리지 않은 탓이오
내가 국경을 넘어가는 길에
비와 바람을 보내지 말 것이며
어느 날
달이 눈물을 흘리는 밤이면
새들이 힘차게 날개를 펴
국경을 넘어
노란 달덩이 속으로 날아갈 것이니
달빛 속으로 조등을 비춰다오

김미영 화가의 보리바다

술래잡기를 하던 소녀
청보리 밭에 숨었습니다
달빛 따라 아이들 집으로 돌아갑니다
소녀
달의 목소리에 잠깨어 보리피리를 붑니다
노란 새 한 마리 피리소리 따라 날아와
조용히 속삭입니다
울지 마
집으로 가자
청보리 밭을 지나는 아이가
노란 달덩이 속으로 날아가는 엄마를 봅니다
안녕
고래가 소녀와 함께 청보리 밭길을 걸어갑니다

폭설이 미련을 덮는다

폭설이 내리는 길 따라 사랑이 떠났다
폭설이 녹아
강으로 흐르는 길 따라
헤어진 사랑이 떠나서
다시는 돌아오지 못할 바다의 섬
새가 되어
봄에도 돌아오지 않고
때늦은 폭설
아무도 걷지 않는 눈 위로
내가 걷는다
바다로 가는 길 따라
섬에 핀 안개 속에서 희미하게 보이는
사랑
폭설이 미련을 덮는다
안개 가득한 섬을 덮는다
희미해진 사랑도 덮는다
폭설이 세상을 덮는다

홍매화

동자승이 잠 못 드는
2월에
봄똥이 고개 내밀고
동자승이
엄마를 찾아 울면
통도사
대웅전 가는 길에는
홍매화가 피었어
등 뒤로 겨울이 가고
붉은 홍매화가 피었어
고향 집이 그리워서

조등

너처럼 슬픈 불빛 본 적이 없다
너처럼 아픈 불빛 본 적이 없다
어둠 속에서
아무도 찾지 않는 가여운 죽음을
네가 홀로 지키는구나
누군가 골목을 돌아
너를 찾는구나
달빛이 너를 비추는구나
천천히 오라고
천천히 오라고
너보다 슬픈 불빛을 본 적이 없다
너보다 아픈 불빛을 본 적이 없다

영웅이 전하는 말

대웅전에 앉아
그대들 절하고 향 피우고
대웅전 문고리 닫고 나가면
내 다리는 움직이질 않아
그대들이 올린 떡이며 사과가
한줌의 흙보다 고맙지를 않아

아픈 사람들의 마을로
새 한 마리 날아가듯이
나도 푸른 바다와 푸른 하늘을 보고 싶다네
대웅이 이르기를
너희가 암흑의 동굴에 갇힌 것처럼
내가 너희의 문을 열 터이니
대웅전 문고리를 열어다오
동굴 속에 갇힌 박쥐처럼
너무 오래 앉아 있었거늘
무엇이 두려워
문고리를 열지 않느냐

토종 똥개

개는
똥개가 바람보다 빠르고
강가의 들풀보다 건강하며
서양에서 온
노란민들레보다 잘 웃고
물결 속을 응시하는
재두루미의 눈빛보다 빛나는
토종의 눈
흙빛의 눈
사람의 눈을 닮은
주인보다 더 집을 사랑하는
똥개
진돗개도 무시하지 않는
토종 똥개

아이

훔칠 수 없는

아이의 마음

나도

아이였던 적 있었지

기억이 나지 않는다

너무

빨리 늙었다

마음 1

사람의 마음에
깊은 강 만들어
바다에 닿으면
그제야 알 것이다
어리석게 달려온 시간들
주름살 깊이 패인 줄도 모르고
눈은 멍들어
눈물샘 말라가는 줄도 모르고
바다가 아니면 어때
천천히 산을 오른다
태어나면서 가진 텅 빈 마음
모아, 돌탑에 돌멩이 하나 몰래 올리고
풀 향기에 돌계단 오르는 발길도 힘을 낸다
흐르는 땀만큼
가벼워지는 발길과
푸른 산 푸른빛으로
내 마음 물들어가고
바다에서 바람이 불어와 등을 밀어 올린다
저 앞에 가는 동자승
고개 돌려 환한 미소를 보낸다

마음 2

가을 물소리는 맑다는데
내 귀는 듣지를 못하고

사람의 한 생 잠깐이라는데
하루가 왜 이리도 길기만 한 지

그러나
가을 새 소리는 맑고
이순까지 세월은 잠깐이었으니
내 마음이 닫혀 있는 줄 몰랐구나

못난 놈

청송의 어느 시인에게

청송 깊은 산
가을이 오면 모하나
그대는 까만 얼굴에
노란 달덩이 같은 호박을 다듬고 있을 터
푸른빛으로 물든 하늘이면 모하나
이름도 모르는 새들과
쉬었다 가는 흰구름 위에
고추 널어 말릴 생각하고 있을 터
왜 외롭지 않을까
그리운 사람들
연락을 기다리는 마음
밭이랑에 몰래 감추고
밤이면 아무도 모르게 꺼낸 쓸쓸함
청송 깊은 산
숲속에 감추고
철새가 달덩이 속으로 날아가는 날
바람이 청송 하늘로 부는 날 찾아가리다
겨울이 끝나기 전

2021년 1월 29일 광주

1

바람이 등을 밀어 온 줄 알았더니
몸보다 마음이 먼저 움직여 도착한 광주
폭설이 내리고
빈손으로 빈 몸으로 도착한
적막한 1월의 국립묘지
돌산 방죽포에서 태어나 부산에서 자란 늙은 아이가
눈 덮인 묘지에 큰절 올립니다
새 한 마리 날지 않는
적막한 1월의 국립묘지
남은 혼백이여
바람이 되고 싶었던 사람들
구름이 되게 하시고
새가 되고 싶었던 사람들
하늘이 되게 하시고
바다가 되고 싶었던 사람들
파도가 되게 하시고

2

이제야 압니다
사람만이 피를 멈추게 하고

하늘과 바다 사이의 무덤을 안을 수 있으며
사람만이 어미를 찾아
국경을 넘어가는 새처럼
노란 달덩이 속으로 날 수 있다는 것을
산허리 휘감는
겨울바람을 등 뒤에 두고
눈 덮인 묘지를 등 뒤에 두고
바람이 되지 못한
바다가 되지 못한
저승에서 이승으로 흐르는 이슬
그대들 등 뒤에 두고
폭설 속으로
발길 돌리며
이제야 압니다
저 수많은 이슬들 속에
잠들지 못한 바람 잠들지 못한 바다가
두 눈 부릅떠 언제나
출렁이고 있음을

그늘

점심시간
아직은 태양이 뜨겁다
길가다 만난 그늘
5미터 정도의 길을
갔다가 왔다가
이제 가야 할 시간
발이 나를 당긴다

부처님
시원한 손길을
잠시 다녀왔구나
눈꺼풀이 내려앉는
오후의 그늘 위에서

섬

섬에

다리가 놓여도

섬은

섬이다

고향

가난한 사람들이
죽어서야 돌아가는 곳이 있습니다
바람이 등을 밀어
죽어서야 돌아가는 곳
살아서는 갈 수 없었던

육지와 섬을 잇는
다리를 지나면
만날 수 있는
조그만 섬

죽어서야 돌아갈 수 있는
고향
안개 가득한 섬

'그늘'과 '근원', 그 심층에 대한 사유

이진엽(시인, 문학평론가)

1. 삶, 그 성찰의 문을 열고

태양의 신 헬리오스의 금빛 머리카락과도 같은 한낮의 눈부신 빛살이 삼라만상을 비출 때면 세상의 모든 존재들은 어둠 속에서 그 감춰진 형상을 드러낸다. 이 찬란하게 비춰지는 햇빛을 통해 온갖 대상들은 스스로의 본체를 드러내며 지상의 생명체들은 저마다의 숨결을 이어간다. 하지만 빛이 있는 곳엔 반드시 그늘이 있다. 빛이 찬란할수록 대상들의 뒤편에는 어두운 그림자가 드리운다. 이것이 빛이 주는 역설이다.

시인의 눈빛은 밝은 햇빛 속에서 대상들의 전경前景만이 아니라 그 후경後景까지도 투사하고자 한다. 시인의 눈은 대상들이 반사하는 아름다운 빛만 바라보는 것이 아니라 그 대상의 이면에 가려진 어둡고 습윤한 그늘도 주시하려 한다. 이런 투시력이 바로 시인의 통찰력이다. 그러므로 빛의 반대편에 가려진 세상의 그늘진 곳을 시인의 눈은 놓칠 수가 없다. 삶의 고통 속에 살아가는 병들고 소외된 사람들과 실존적 비극에 처한 사람들을 시인은 바라보면서 따뜻한 별을 보내고자 한다.

한영식의 첫 시집『장애인복지관』은 이처럼 소외의 문제를 반추해보게 한다는 데서 인상 깊게 읽혀진다. 그의 이번 시집에는 '장애인복지관'이라는 표제가 암시하듯 육체적, 정신적 고통 속에 처한 소외된 사람들에 대한 지대한 관심과 그들의 실존적 고뇌를 진솔하게 묘파하고 있다. 뿐만 아니라 이번 시집에는 '동자승' 모티프를 통한 존재의 비극과 초월 의지도 심도 있게 그려져 있고, 고뇌의 삶을 벗어나 모성성과 고향을 지향하는 회귀의식도 진지하게 성찰되고 있다.

2. 인간 소외와 초극 의지

인간 소외의 사전적 의미는 '인간성이 상실되어 인간다운 삶을 잃어버리는 일'이다. 그러니까 소외 현상은 인간이 그 스스로가 목적이 되지 않고 수단으로 전락할 때 발생한다. 고도 산업 사회에서 물신숭배가 가속화되어 갈수록 인간은 하나의 상품처럼 취급되어 심각한 소외를 경험한다. 이런 사회에서는 전통적 가치관이나 규범이 해체되어 사회구성원들은 필연적으로 정신적 혼란에 처하게 되고 아노미anomie를 경험한다. 이 혼돈 속에서 특히 사회적 약자는 자신의 권리나 주체를 상실하고 타자에게 삶을 의존한 채 겨우 목숨을 연명해간다. 이 같은 인간 소외의 한 전형典型이 장애인복지관에서의 삶이다.

장애인복지관에 맑은 가을비 내립니다
긴 장마

먹구름이 산허리 휘감아 돌고

노인복지관 뒤

안개가 산을 힘겹게 넘어 갑니다

시각장애인 주간보호센터 차가

장애인복지관 정문에 서면

혼자서 복지관으로 올 수 없는 노인들이

지팡이 하나씩 주름진 손에 힘껏 쥐고

도우미 선생님 손을 잡고

천천히 주간보호센터로 들어갑니다

몹쓸 놈 코로나로

식당은 열려 있지만 직원들은 이용금지 된 지 오래

시각장애인 노인들만 점심 드시러 갑니다

주간만 보호되는 노인들

장애인복지관 위로

가을비 내립니다

「장애인복지관」 전문

　'장애인복지관'의 우울한 풍경이 어두운 흑백 판화처럼 펼쳐
지고 있다. 특히 "가을비", "긴 장마", "먹구름"이라는 시적 배경이
암시하듯 이 복지관에서 전개되는 소외된 사람들의 모습이 더
한층 쓸쓸한 모습으로 다가온다. 이곳에 삶을 의탁하고 있는 사
람들 중 '시각장애인들'에게 먼저 시인의 시선이 집중한다. 이들
은 모두 "혼자서 복지관으로 올 수 없는 노인들"이다. 저마다 "지
팡이 하나씩 주름진 손에 힘껏 쥐고 / 도우미 선생님 손을 잡고"
점심 식사를 하기 위해 복지관 내 구내식당으로 부축되어간다.

문제는 이들이 전부 "주간만 보호되는 노인들"이라는 사실이다. 그러니까 야간에는 방치된 채 그들 스스로 불편한 몸을 가누면서 생존해가야 하는 것이다. 이 안타까운 처지를 시인은 "장애인복지관 위로 / 가을비 내립니다"라고 하여 더욱 비극적 여운을 고조시키고 있다. 시각장애인들은 앞을 제대로 볼 수 없다는 점에서 외출을 할 때면 가장 위험한 상황에 노출되기 쉽다. 그러나 일상인들은 그 장애인들이 다니는 통로마저 자신의 이기심을 채우는 수단으로 사용하는 등 무심하게 그들을 대할 뿐이다. 이 같은 소외에 대해 시각장애인들은 "우리가 다리를 부딪치고 / 넘어져 무릎이 까져도 / 인도에 불법주차한 사람들아"(「시각장애인이 전하는 말씀」)라고 항변해보지만 그것이 세상에 무슨 큰 울림으로 반향되겠는가.

  하지만 이 소외는 음울한 분위기로만 끝나지 않는다. 지적장애를 지닌 한 여성과 지체장애를 지닌 한 청년의 삶을 통해 그 소외는 놀랍게도 긍정적으로 초극되어 가기도 한다.

  공원묘지 가는 길 옆
  희망학교 식당 주방 일을 돕는다는
  그대는 모교를 자퇴 했다고 말했지
  병든 어머니를 위해서
  돈이 필요해서
  학생은 주방에서 일을 할 수 없다는
  선생님의 설명을 듣고
  자퇴를 선택한 그대
  갑자기 어깨가 뭉치면 안 된다고

내 어깨를

매운 손가락으로 눌러주던 그대

결혼을 하고 싶어

저축을 하고 있다는 그대

그대는 장애인이 아니라

참

고운 여자다

「장애인에 관한 기록 1」 전문①

그대는 걷지를 못하더니

착한 활동지원사를 만나

수영장을 그렇게 열심히 찾더니

지금은

장애인복지관 2층까지

소나기 같은 땀을 흘리며

혼자 힘으로

산을 오르듯

2층을 정복하지

군에서 운전병을 하다

사고로 장애인이 된 그대

지금은 보치아 선수로 활동하는 그대

그대는 장애인이 아닌

절망을 모르는 청년이다

「장애인에 관한 기록 4」 전문②

지적장애를 가진 30대 여성을 주인공으로 하는 ①의 시는 헌신적 사랑의 정신과 삶의 희망을 감동적으로 제시해주고 있다. 자신도 지적장애의 힘든 처지이면서도 그녀는 모교를 자퇴하면서까지 "병든 어머니를 위해서 / 돈이 필요해서" 열심히 "희망학교 식당 주방일"을 돕는다. 얼마나 아름다운 혈육 간의 고귀한 사랑인가. 또한 이 고된 노동은 "결혼을 하고 싶어 / 저축을 하고 있다는 그대"에서 파악되듯 자신의 미래에 대한 소망을 품고 있는 것이기도 하다. 한 알의 밀알이 어두운 흙속에 파묻혀 마침내 봄에 새싹을 틔우는 것처럼 그녀는 자신의 삶을 비관하지 않고 긍정적 태도로 아름답게 일궈가고 있다. 그래서 시인은 말한다. "그대는 장애인이 아니라 / 참 / 고운 여자다"라고.

삶에 대한 이러한 긍정적 태도는 ②의 시에서처럼 지체장애인의 강렬한 생의 의지로 변주되기도 한다. 이 시의 주인공은 "군에서 운전병을 하다 / 사고로 장애인이 된" 한 '청년'이다. 젊은 시절의 큰 사고는 일생을 고통과 부자유 속에서 살아가게 하므로 자칫 절망적인 벼랑 끝으로 내몰 수 있다.

하지만 이 청년은 성실한 활동지원사를 만나 "수영장"에서 열심히 재활운동을 하면서 장애인복지관의 2층까지 "소나기 같은 땀을 흘리며 혼자 힘으로 / 산을 오르듯" 정복하는 단계에까지 자신의 신체를 단련시키고 있다. 그래서 그는 현재 '보치아' 선수로 활동하면서 "장애인이 아닌 / 절망을 모르는 청년"으로 살아간다. 지체장애의 처지에서도 "여전히 / 호탕한 웃음과 밝은 미소"(「장애인에 관한 기록 2」)를 잃지 않는 태도야말로 시련을 극복하려는 강한 의지를 보여 준 것이다. 이렇게 볼 때 정신적, 육체적 장애로 자칫 세상에서 소외될 수도 있는 사람들이지만, 한영식 시인은 그들이 내뿜는 긍정적 에너지와 끊임없는 의지를 통해 삶에 대한 희망과 아름다운 초극의 정신을 읽어내고 있다.

3. 존재의 비극과 그 초월에 대한 일깨움

이번 시집에서는 장애인에 대한 관심과 더불어 불교적 사유를 바탕에 둔 일화도 많이 엿보인다. 특히 '동자승' 모티프를 통한 존재론적 비극과 그 초월 의지가 잔잔한 감동으로 읽혀진다. 불교에서 동자승은 동진출가童眞出家한 어린 승려들을 가리킨다. 이 동자승은 개인적인 자유의지로 출가하거나, 아니면 가정적인 문제로 절집에 의탁하여 살아가는 어린 수행자다. 설악산 신흥사나 천불산 운주사를 비롯한 여러 사찰에서는 이 동자승 연기설화들이 구전되어오고 있어 관심을 끌기도 한다.

이 시집에서도 「동자승 1」부터 「동자승 8」에 이르는 연작시가 말해주듯 동자승과 관련된 시가 10여 편 등장한다. 한영식 시인은 자신의 가정사家庭事와 연관된 아픔과 개인적 정서를 이 동자승에게 투영하여 더욱 깊은 정한을 자아내게 한다.

아픔은

먼지처럼 바람에

날아가지 못하고

슬픔은 점을 빼듯

사라지지 않으니

보름달 속 어머니는

죽어서도 새가 되어

너를 찾는구나

「동자승 2」 전문

　의지할 곳 없이 절집에 의탁된 한 동자승의 슬픈 운명이 이 시에서 은은히 묻어나오고 있다. 그 가혹한 처지는 "아픔은 // 먼지처럼 바람에 // 날아가지 못하고 // 슬픔은 점을 빼듯 // 사라지지 않으니"에서 보듯 숙명처럼 따라다니는 존재론적 비극이다. 이 가여운 동자승을 두고 떠나간 어머니는 '보름달'처럼 휘영청 천공天空에 떠오르며 "죽어서도 새가 되어" 자식을 애타게 찾고 있다. 어쩌면 동자승도 지금 보름달을 바라보면서 그 어머니를 절절하게 그리워하는지도 모른다. 보름달을 매개로 한 혈육 간의 애끓는 정한은 이 시의 비극적 정서를 더욱 고조시킨다. 죽어서도 죽지 못하는 어머니, 그 한恨은 한 마리 새가 되어 온 누리를 헤매며 어린 자식을 찾고 있다. 어머니의 그 간절함은 "하늘에서 내려 온 노란 새 / 깊은 산 / 대웅전 목탁 위에 앉는다"(「동자승 5」)에서 보듯 죽어서도 영체靈體가 되어 어린 자식과 함께 하고자 한다.
　이런 비극적 처지에서도 한영식 시인은 동자승에 대한 긍정적

미래를 주문하고 있다. 이런 인식에는 우주에 충만해 있는 자연물을 매개로 하여 동자승에게 위안과 깨우침의 길로 인도하려는 시인의 전략이 숨어 있다.

오늘은
가을밤이 따뜻하구나
저 달이 너에게 많은 걸 가르쳐 줄 것이다
새벽에 대웅전 문을 열기 전
하늘을 꼭 보거라
잠들기 전 밤하늘을 꼭 보거라
거기 말씀이 있고
너의 얼굴이 숨겨져 있으니

「동자승 4」부분 ③

울지 마라
가을 물 흐르는 소리 맑듯이
언젠가
네 맑은 목탁소리에
새들 날아오르고
맑은 가을비도 내리고
이승에서 떠나지 못한 목숨들
욕심 내려놓고
떠나는 날 올 것이다
깊은 산 조그만 움막 하나 짓고
마음을 다스리고 다스리면

언젠가

네 마음 열리고

떠나지 못한 목숨들 또한

마음

열 것이니

「동자승 8」 전문④

　어린 나이에 절집에서 수행자의 신분으로 살아간다는 것은 여간 힘든 일이 아니다. 하지만 시인은 ③의 시에서처럼 이 동자승에게 자연의 신비와 이법을 말해주면서 그 자연이야말로 위대한 스승임을 깨우쳐 준다. 시인은 동자승에게 "저 달이 너에게 많은 걸 가르쳐 줄 것이다"라고 일깨워 주기도, "잠들기 전 밤하늘을 꼭 보거라 / 거기 말씀이 있고 / 너의 얼굴이 숨겨져 있"음을 가르쳐 주기도 한다. 자연을 통한 이런 아포리즘은 "네 마음에 조용한 섬 하나 만들어 / 마음 깊이 푸른 가을 하늘 / 품거라"(「동자승 6」)에서도 여실히 드러난다. 따라서 삶의 비극과 존재론적 고통도 자연의 철리哲理를 터득함으로써 초극할 수 있음을 깨닫게 해 주고 있다. 캄캄한 밤하늘에 '말씀'과 '너'의 '얼굴'이 숨겨져 있다는 사실은 자연이 참된 진리의 본체임을 강조하는 것이며, 또한 자연과 인간이 동일화라는 천연天然의 줄로 연결되어 있음을 인식시켜 주는 것이기도 하다.

　자연과 결부된 이 같은 가르침은 ④의 시에서도 예외가 아니다. 시인은 "가을 물 흐르는 소리"와 "새", "맑은 가을 비" 등의 자연물을 통해 동자승에게 삶과 죽음, 무소유와 영혼의 열림을 일깨워 주고 있다. 비록 이승의 삶은 고통과 번뇌, 집착으로 가득 차 있지만, 인간의 그 가눌 수 없는 정념은 흐르는 물처럼 찰라 무상으로 명멸해갈 뿐이다. 그래서 한 마리 새가 허공에 날아오르는 것처럼 모든 중생은 "욕심 내려 놓고 / 떠나는 날 올 것이다"라는 진실을 시인은 동자승에게 깨우쳐 주고 있다. 욕망과 집착의 끈을 놓지 않는 한, 인간은 번뇌에서 벗어날 수가 없다. 동자승이 앞으로 이 고해苦海를 건너가기 위해서는 깊은 산속에서 "조그만 움막 하나 짓고" 끝없이 수행 정진하지 않으면 안 된다. 그러면 "언젠가 / 네 마음 열리고 / 떠나지 못한 목숨들 또한 / 마음 / 열 것"임을 한영식 시인은 그에게 마음 깊이 되새겨 주고 있다.

4. 삶의 고뇌와 모성성으로의 회귀

인간의 운명은 타고난 유전 인자와 관련된 생물학적 요소에 의해 지배받기도 하지만, 자신이 처한 사회적·시대적 상황과 연관된 환경적 요인에 의해 좌우되기도 한다. 전자의 우생학은 루소나 다윈이 강조한 바 있고, 후자의 경험론은 존 로크나 프로이트가 역설한 바 있다. 이 양자 중 어느 것이 더 결정적이냐 하는 문제는 그다지 중요하지 않다. 왜냐하면 이 두 인자는 서로 대척점에 있기보다는 상호 교차하면서 작용할 수도 있기 때문이다. 하지만 적어도 경제적 문제를 전제로 할 때면 인간은 자신이 처한 가정환경이나 시대적 상황의 지배를 받는다고 볼 수 있다. 흔히 가난은 대물림 된다는 말처럼 부모로부터 물려받은 궁핍한 처지는 한 개인으로서도 어쩔 수 없이 감내해야만 하는 결정론이다. 한영식 시인의 이번 시집에서는 '가난'이라는 환경 때문에 가정이 해체되는 비극적 자화상을 진솔하게 보여준다.

꽃다운 나이

가난한 집의 막내 딸

나라 잃은 소녀가 일본 방직공장에서 실을 뽑았다 한다

해운대 옆 기장이 고향이라는 소녀

해방이 되어 돌아온 소녀는 신이 들어 절 옆

움막 속에서 3년을 살았다 한다

병든 남편 세상을 떠나고 어린 막내 굶길 수 없어

바다에 떠 있는 녹슨 배

밧줄 하나에 목숨 붙들고 망치를 두드린다

…(중략)…

먼저 떠난 영감이 미워서

집 나가 소식 없는 아들 걱정으로

보고 싶은 딸 아무에게도 말 꺼내지 못하고

혼자 남겨진 막내 걱정으로

깡 깡 깡

추운 겨울 쇳덩이 갑판에서 잠들고

밧줄이 풀려 바다에 떨어진 어머니

밤새 딸이 보고 싶다고 우신다

「어머니의 이름으로」 부분

어머니는 "가난한 집의 막내 딸"이다. 그녀는 처녀 시절 궁핍한 삶을 해결하기 위해 일제 강점기에 "일본 방직공장에서 실을 뽑"으며 연명해왔다. 해방이 되어 그녀는 고향에 돌아왔지만 "움막 속에서 3년을 살"게 되는 극심한 가난 속에 계속 처한다. 그

후 결혼을 했지만 "병든 남편 세상을 떠나고 어린 막내 굶길 수 없어 / 바다에 떠 있는 녹슨 배 / 밧줄 하나에 목숨 붙들고 망치를 두드"리는 극한 한계상황에 다시 던져지게 된다.

이 참담한 처지 때문에 마침내 가족은 해체되고 만다. "집 나가 소식 없는 아들 걱정으로 / 보고 싶은 딸 아무에게도 말 꺼내지 못하고"에서 감지되듯 큰 아들은 가출을 해버렸고 딸은 젊은 나이에 속계를 떠나 출가를 해버린다. 칼바람 부는 엄동설한의 부두, "쇳덩이 갑판"을 그녀가 쇠망치로 두드릴 때마다 "깡 깡 깡" 울리는 소리는 실존의 비극을 최고조로 끌어올린다. 그 울림은 생존을 위한 절체절명의 소리이자 삶에 대한 처절한 정한의 소리이며, 운명을 향한 분노의 소리이기도 하다. 특히 "밧줄이 풀려 바다에 떨어"지는 처지에서도 "밤새 딸이 보고 싶다고 우"시는 어머니의 모성애는 깊은 감동으로 다가온다.

가난으로 인해 어쩔 수 없이 둥지를 떠나간 자식들을 모성애는 강렬한 자력磁力으로 다시 간절하게 이끌어오고자 한다.

새야
천둥 번개가 치기 전에 오너라
폭설 같은 장대비 내리기 전에
국경을 넘어 달빛의 힘으로
비단길로 오너라
천천히 오너라
어미는
밤새 어미의 소리로 너를 부르는구나
네가 태어난 깊은 산

절간 옆 숲속으로 오너라

천둥 번개가 치기 전에

새벽안개 속으로

푸른 숲을 헤치고

어미의 품속으로 오너라

「새 1」 전문

이 시에서 '새'는 집을 떠난 자식(들)을 상징한다. 둥지를 떠난 새에게는 "천둥 번개"와 "폭설", "장대비" 같은 매우 위태로운 상황이 도사리고 있다. 그래서 어머니는 이를 염려하면서 그 위험 인자들이 지상에 내리기 전에 집을 떠나간 자식이 자신의 품안으로 돌아오기를 갈망한다. 어머니가 자식을 기다리는 "네가 태어난 깊은 산 / 절간 옆 숲속"은 세속과 번뇌에 찌들지 않은 자연의 아늑한 처소이다. 이곳에는 "어미의 품속"이라는 영혼의 안식처가 존재하며, 모성성의 따뜻한 사랑과 평화가 깃들어 있다. 그러므로 어머니의 품속이야말로 훼손되지 않은 자아의 온전한 원형原形과 '자아-세계'가 분리되지 않은 주객일체의 삶이 실현되는 곳이다.

J. 라캉은 유아기의 이 모성성의 단계를 나르시시즘에 사로잡히는 '거울 단계'라 언명한 바 있지만, 그 안식의 세계는 일상의 삶에 찌든 이들이 돌아가고 싶은 처소이다. 이 모성 회귀의 소망은 "언젠가 / 국경을 넘어 / 어미를 찾아갈 수 있을까?"(「새 2」)에서 보듯 간절하다. 그 간절함 때문일까? "동자승이 / 엄마를 찾아 울면 / 통도사 / 대웅전 가는 길에는 / 홍매화가 피"(「홍매화」)어 가슴에 맺힌 정한을 붉게 채색하기도 한다. 대지의 부드러운 흙이

모든 생명체를 껴안고 길러주듯 영원한 가이아Gaia인 그 모성성의 품안으로 어머니는 정처 없이 떠도는 자식을 불러들이고 있다.

5. 고향, 그 근원으로의 귀향

세상인심이 각박해지고 삶의 고뇌가 끝없이 밀려올수록 인간은 누구나 고향을 생각한다. 그 고향은 어린 시절의 때 묻지 않은 영혼이 맑은 숨을 내쉬던 곳이다. 그러므로 고향으로 돌아간다는 것은 하이데거에 의하면 근원으로 돌아가는 것이자 자기동일성을 회복하기 위한 실존적 몸짓이기도 하다. 이 고향은 안개 속에서 존재의 비밀들을 품은 채 언제나 '나'를 기다리고 있다. 이 비밀의 문을 열 수 있는 사람은 누구인가? 바로 시인이다. 그래서 한영식 시인은 삶의 온갖 번뇌와 암울한 터널을 통과하면서 마침내 귀향을 통해 삶의 근원을 성찰하려 한다.

가난한 사람들이
죽어서야 돌아가는 곳이 있습니다
바람이 등을 밀어
죽어서야 돌아가는 곳
살아서는 갈 수 없었던

육지와 섬을 잇는
다리를 지나면
만날 수 있는
조그만 섬

죽어서야 돌아갈 수 있는

고향

안개 가득한 섬

「고향」 전문

고향을 오랫동안 떠난 "가난한 사람들"에겐 그 고향이 "죽어서야 돌아가는 곳"으로 인식된다. 이들은 모두 생존의 절박한 문제 때문에 이향離鄕을 한 사람들이고, 그 삶의 절박함으로 생전에는 고향으로 돌아올 수 없는 처지였다.

하지만 모든 것은 우주의 묘리妙理대로 운행될 수밖에 없다. 마침내 "바람이 등을 밀어"대듯 자연의 섭리대로 고향을 떠난 사람들은 비록 죽은 몸이지만 다시 귀향하여 고향의 흙속에 묻히게 된다. 한영식 시인 역시 자신의 고향을 생각하며 귀향이 내포하는 근원적인 의미를 반추해본다. 이 시인의 고향은 "육지와 섬을 잇는 / 다리를 지나면 / 만날 수 있는 / 조그만 섬"이다. 그 섬은 바로 시인의 정신적 원적지인 전남 여수 앞바다의 '돌산'이다. 시인은 "돌산 방죽포에서 태어나 부산에서 자란 늙은 아이"(「2021년 1월 29일 광주」)에서 드러나듯 일찍 탈향을 하여 객지에서 거의 한평생을 보낸 것이다.

이 돌산은 시인의 아버지의 숨결이 묻어 있는 곳이다. 또한 "부산에서 여수 앞 돌산으로 간다 / 아버지 떠나신 자리 옆 / 죽어서야 만나는 두 사람"(「어머니의 노래」)에서 느껴지는 바와 같이 어머니의 영원한 안식처이기도 하다. 부모님의 혼이 고이 잠든 이 고향을 한영식 시인도 역시 잊을 수가 없다. 푸른 바다와 섬,

해풍이 어우러져 혼융일체를 이루는 고향땅은 시인으로 하여금 존재의 근원과 그 비밀을 끊임없이 성찰하게 한다. 삶과 죽음, 그리운 혈육의 발자취와 대자연의 숨결이 함께 혼효되어 있는 고향 돌산은 언제나 침묵 속에 깊은 존재의 비밀을 안고 누군가 그 문을 열어 주기를 기다린다. 이에 응답하려는 듯 한영식 시인은 "별들이 떨어지는 깊은 밤"(「돌산 방죽포」)을 응시하며 그 비밀의 문을 조용히 열어 보이고 있다.

장애인복지관을 배경으로 하는 인간 소외 문제와 '동자승' 모티프를 통한 존재의 비극과 초월 의지, 그리고 모성 회귀의식과 귀향의 의미를 성찰하고 있는 한영식 시인의 첫 시집은 시종일관 차분하고 진솔한 목소리로 채워지고 있다. 햇빛 눈부신 생의 표층에만 관심이 쏠리는 이 삭막한 시대에 그의 시편들에는 삶의 그늘진 이면에서 힘겹게 살아가는 사람들을 응시하려는 시인의 눈빛이 따스하게 내비친다. 또한 세상인심이 더욱 각박해지고 삶의 고뇌와 번민이 더 한층 깊어갈수록 시인은 포근한 안식이 깃든 모성성의 세계와 존재의 근원을 사유할 수 있는 고향으로의 회귀를 갈망한다. 이 같은 일련의 정황은 한영식 시인의 시가 삶의 진정성에 뿌리를 내리고 있다는 사실을 말해주며, 향후 더욱 튼실한 시의 나무를 키워갈 것임을 기대하게 해준다.

시인 한영식
1964년 여수 앞 돌산 방죽포에서 태어나 경북대학교를 졸업했다. 『사람의 문학』에
시를 발표하며 작품 활동을 시작했다. 『장애인복지관』은 그의 첫 시집이다.

장애인복지관

1판 1쇄 찍은 날 2023년 1월 20일
1판 1쇄 펴낸 날 2023년 1월 27일

지은이 한영식
펴낸이 김완준

펴낸곳 모악

출판등록 2016년 1월 21일 제2016-000004호
주소 경북 예천군 호명면 강변로 258-52, 201호
전화 054-855-8601
이메일 moakbooks@daum.net

ISBN 979-11-88071-55-5 03810

값 10,000원